改变，从阅读开始

【手绘彩插珍藏版】

一杯の
かけそば

[日]栗良平 竹本幸之佑 著

文明 谢琼 译

一碗清汤荞麦面

山西出版传媒集团
山西人民出版社

热腾腾香喷喷的清汤荞麦面上桌了。

"喂,孩子他爹,给他们下三碗,好吗?"
"不行,如果这样,他们也许会尴尬的。"

弟弟激动地大声朗读着作文，
讲述着一家人的奋斗和来自面馆的祝福。

安放在店堂中央的二号桌成了一种鼓励。

度过了十几年的艰难岁月，
母子三人重访北海亭。

春秋庵的店面不大。
虽然不是什么名牌老店，却也干净整洁。

惠子下意识地回头一看,
那辆车正往商店方向开去。

作为大女儿的惠子,
努力照顾着一家人的生活。

惠子只好勉强安慰自己说,
人的美丽并不体现在衣着上……

"在商人身上,
应该能看到围着围裙的菩萨的影子。"

目 录

对本书以及作者的赞誉··································*1*

一碗清汤荞麦面 *1*

最后一位顾客 *17*

对本书以及作者的赞誉

这样一部在世界范围内家喻户晓的作品,曾经感动、激励了无数读者……中国人为什么要拒绝感动呢?都说现在的孩子存在情感危机,缺少同情,不会感动,跟他们从小阅读的东西有没有关系呢?

——曹文轩(安徒生奖获得者、著名作家、北大教授)

这是一个能让人感受到微小却真实的人间温情的故事。带着两个儿子只点一碗面的母亲的勇气,以及悄悄多放一把面的店主的态度都很美。正是这种人情美使那家面馆的名气越来越大。

——韩企天(汉城文艺会馆馆长)

栗良平在1987年写的《一碗清汤荞麦面》之所以变得有名,是因为当年的一个广播电台在年末广播中播放了这篇作品。听到那次广播的无数听众向广播电台寄去明信片,要求重播。当时一位议员在国会议事堂朗读了这篇作品,让全场突然变得肃静。没过多久,这篇作品就感动了全日本,按照当时日本人对这本书的评价,就是掉进了"一亿眼泪的海"。

——韩国《韩国周刊》

即使是为了考验一下自己能不能坚持到最后不哭,此书也值得一读!

——日本《日本经济新闻》

这篇小说和另一篇《最后一位顾客》一起结集出版成书，书名就是小说的名字《一碗清汤荞麦面》。这本书在日本已经卖出了 100 万册之多，在韩国同样创下了教宝文库连续三个月外国小说类图书销量第一的惊人纪录。

——韩国《东亚日报》

来团购这本书的企业挤破了门槛,因为把"微笑服务"仅仅当作追求利润的手段的观念已经被彻底打破,取而代之的是"将心中的美好传递给顾客"的经商之道。

——韩国《汉城经济新闻》

我当时是几乎流着眼泪编完这篇稿子,编辑部的人都有些泪眼朦胧。这篇文章发表后,所引发的反响几乎是静悄悄的"革命"。青海的一位读者来信说,他从中找到了生活下去的智慧与勇气,并且他也开了一家面馆,就叫"清汤荞麦面馆"。这篇很平淡的文章所蕴藏的朴素的力量让人震惊,也让人十分感动,至今还有人来信谈起这篇文章对他们的影响。它成为《读者》杂志的经典作品。

——彭长城(原《读者》杂志社主编)

读完《一碗清汤荞麦面》，我已泪流满面。夜深人静，想起母亲的关爱，多么渴望能够亲口对她说一声：妈妈，谢谢您！

　　　　　　　　　　　——爱伦·罗杰斯（美国著名作家）

衷心希望不仅是三星电子,韩国的所有企业都能在明年像《一碗清汤荞麦面》中的那一家子一样发奋图强。

——韩国《经济新闻》

一碗清汤荞麦面

[日] 栗良平 著

文明 译

对于面馆来说，最忙的时候，要算是新年了。北海亭面馆的这一天，也是从早就忙得不亦乐乎。

不过平时直到深夜十二点还很热闹的大街，大年夜晚上一过十点，就很宁静了。北海亭面馆的顾客，此时也像是突然都失踪了似的。

就在最后一位顾客出了门，店主要关门打烊的时候，店门被咯吱咯吱地拉开了。一个女人带着两个孩子走了进来。六岁和十岁左右的两个男孩子，一身崭新的运动服。女人却穿着不合时令的斜格子短大衣。

"欢迎光临！"老板娘上前去招呼。

"啊……清汤荞麦面……一碗……可以吗？"女人怯生生地问。那两个小男孩躲在妈妈的身后，也怯生生地望着老板娘。

"行啊,请,请这边坐。"老板娘说着,领他们母子三人坐到靠近暖气的二号桌,一边向柜台里面喊着,"清汤荞麦面一碗!"

听到喊声的老板,抬头瞥了他们三人一眼,应声回答道:"好咧!清汤荞麦面一碗——"

案板上早就准备好了面条,一堆堆像小山,一堆是一人份。老板抓起一堆面,继而又加了半堆,一起放进锅里。老板娘立刻领悟到,这是丈夫特意多给这母子三人的。

热腾腾香喷喷的清汤荞麦面一上桌,母子三人立即围着这碗面,头碰头地吃了起来。

"真好吃啊!"哥哥说。

"妈妈也吃呀!"弟弟夹了一筷子面,送到妈妈口中。

不一会儿,面吃完了,付了150元钱。

"承蒙款待。"母子三人一起点头谢过,出了店门。

"谢谢,祝你们过个好年!"老板和老板娘应声答道。

过了新年的北海亭面馆,每天照样忙忙碌碌。一年很快过去了,转眼又是大年夜。

和以前的大年夜一样,忙得不亦乐乎的这一天就要结束了。过了晚上十点,正想打烊,店门又被拉开了,一个女人带着两个男孩走了进来。

老板娘看那女人身上那件不合时令的斜格子短大衣,就想起去年大年夜最后那三位顾客。

"……这个……清汤荞麦面一碗……可以吗?"

"请,请到里边坐,"老板娘又将他们带到去年的那张二号桌,"清汤荞麦面一碗——""好咧,清汤荞麦面一碗——"老板应声回答着,并将已经熄灭的炉火重新点燃起来。

"喂,孩子他爹,给他们下三碗,好吗?"

老板娘在老板耳边轻声说道。

"不行,如果这样,他们也许会尴尬的。"

老板说着，抓了一份半的面下了锅。

桌上放着一碗清汤荞麦面，母子三人边吃边谈着，柜台里的老板和老板娘也能听到他们的声音。

"真好吃……"

"今年又能吃到北海亭的清汤荞麦面了。"

"明年还能来吃就好了……"

吃完后，付了150元钱。老板娘对着他们的背影说道："谢谢，祝你们过个好年！"

这一天，被这句说过几十遍乃至几百遍的祝福送走了。

生意日渐兴隆的北海亭面馆，又迎来了第三个大年夜。

从九点半开始，老板和老板娘虽然谁都没说什么，但都显得有点心神不定。十点刚过，雇工们下班走了，老板和老板娘立刻把墙上挂着的各种面的价格牌一一翻了过来，赶紧写好"清汤荞麦面150元"。其实，从当年夏天起，随着物价的上涨，清汤荞麦面的价格已经是200元一碗了。

二号桌上，在30分钟以前，老板娘就已经摆好了"预约"的牌子。

到十点半，店里已经没有客人了，但老板和老板娘还在等候着那母子三人的到来。他们来了。哥哥穿着中学生的制服，弟弟穿着去年哥哥穿的那件略有些大的旧衣服，兄弟二人都长大了，有点认不出来了。母亲还是穿着那件不合时令的有些褪色的短大衣。

"欢迎光临。"老板娘笑着迎上前去。

"……啊……清汤荞麦面两碗……可以吗？"母亲怯生生地问。

"行，请，请里边坐！"

老板娘把他们领到二号桌，顺手将桌上那块预约牌藏了起来，对柜台喊道：

"清汤荞麦面两碗！"

"好咧，清汤荞麦面两碗——"

老板应声答道，把三碗面的分量放进锅里。

母子三人吃着两碗清汤荞麦面，说着，笑着。

"大儿，淳儿，今天，妈妈我想要向你们道谢。"

"道谢？向我们？……为什么？"

"你们也知道，你们的父亲死于交通事故，生前欠下了八个人的钱。我把抚恤金全部还了债，还不够的部分，就每月五万元分期偿还。"

"是呀，这些我们都知道。"

老板和老板娘在柜台里，一动不动地凝神听着。

"剩下的债，本来约定到明年三月还清，可实际上，今天就可以全部还清了。"

"啊，这是真的吗，妈妈？"

"是真的。大儿每天送报支持我，淳儿每天买菜烧饭帮我忙，所以我能够安心工作。因为我努力工作，得到了公司的特别津贴，所以现在能够全部还清债款。"

"好啊！妈妈，哥哥，从现在起，每天烧饭的事还是包给我了!"

"我也继续送报。弟弟,我们一起努力吧!"

"谢谢,真是谢……谢……"

"我和弟弟也有一件事瞒着妈妈,今天可以说了。那是在十一月的一个星期天,我到弟弟学校去参加家长会。那时,弟弟已经藏了一封老师给妈妈的信……弟弟写的作文如果被选为北海道的代表,就能参加全国的作文比赛。正因为这样,家长会的那天,老师要弟弟自己朗读这篇作文。老师的信如果给妈妈看了,妈妈一定会向公司请假,去听弟弟朗读作文,于是,弟弟就没有把这封信交给妈妈。这事,我还是从弟弟的朋友那里听来的。所以,家长会那天,是我去了。"

"哦,是这样……那后来呢?"

"老师出的作文题目是,'你将来想成为怎样的人'。全体学生都写了,弟弟的题目是《一碗清汤荞麦面》,一听这题目,我就知道写的是北海亭面馆的事。当时我就想,弟弟这家伙,怎么把这种难为情的事都写出来了。

"作文写的是，父亲死于交通事故，留下一大笔债。妈妈每天从早到晚拼命工作，我去送早报和晚报……弟弟全写了出来。接着又写，十二月三十一日的晚上，母子三人吃一碗清汤荞麦面，非常好吃……三个人只买一碗清汤荞麦面，面馆的叔叔阿姨还是很热情地接待我们，谢谢我们，还祝福我们过个好年。在弟弟听来，那祝福的声音分明是在对他说：不要低头！加油啊！要好好活着！因此，弟弟长大成人后，想开一家日本第一的面馆，也要对顾客说：'加油啊！''祝你幸福！''谢谢！'弟弟大声地朗读着作文……"

此刻，柜台里竖着耳朵、全神贯注听母子三人说话的老板和老板娘不见了。在柜台后面，只见他们两人面对面地蹲着，一条毛巾，各执一端，正在擦着夺眶而出的眼泪。

"作文朗读完后，老师说：'今天淳君的哥哥代替他母亲来参加我们的家长会，现在我们请他来说几句话……'"

"这时哥哥都说了些什么？"

"因为突然被叫上去发言，一开始，我什么也说不出……'大家一直和我弟弟很要好,在此,我谢谢大家。弟弟每天要做晚饭,只能放弃兴趣小组的活动,中途回家,我做哥哥的,感到很难为情。刚才,弟弟刚开始朗读《一碗清汤荞麦面》的时候,我感到很丢脸,但是,当我看到弟弟激动地大声朗读的样子,我心里更感到羞愧。这时我想,决不能忘记妈妈买一碗清汤荞麦面的勇气。我们兄弟二人一定要齐心协力,照顾好我们的妈妈!希望大家以后也能够和我弟弟做好朋友。'我就说了这些……"

母子三人,静静地,互相握着手,良久。继而又欢快地笑了起来。和去年相比,像是完全变了个模样。

作为年夜饭的清汤荞麦面吃完了,付了300元。

"承蒙款待。"母子三人深深地低头道谢,走出了店门。

"谢谢,祝你们过个好年!"

老板和老板娘大声向他们祝福,目送他们远去……

又是一年的大年夜降临了。北海亭面馆里,晚上九点一过,二号桌上又摆上了"预约"的牌子,等待着母子三人的到来。可是，这一天始终没有看到他们三人的身影。

一年，又是一年，二号桌始终默默地等待着，可母子三人还是没有出现。

北海亭面馆因为生意越来越兴隆，店内重新进行了装修。桌子椅子都换了新的，可二号桌却依然如故，老板夫妇不但没感到不协调，反而把二号桌安放在店堂的中央。

"为什么把这张旧桌子放在店堂中央？"有的顾客感到奇怪。

于是，老板夫妇就把"一碗清汤荞麦面"的故事告诉他们。并说，这张桌子是一种对自己的激励。而且，说不定哪天那母子三人还会来，那个时候，还想用这张桌子来迎接他们。

就这样，二号桌被顾客们称作"幸福的桌子"，二号桌的故事也在到处传颂着。有人特意从老远的地方赶来，有女学生，也有年轻的情侣，都要到二号桌吃一碗清汤荞麦面。二号桌也因此名声大振。

时光流逝，年复一年。这一年的大年夜又来到了。

这时，北海亭面馆已经是这条街商会的主要成员，大年夜这天，亲如家人的朋友、近邻、同行，结束了一天的工作后，都来到北海亭，在北海亭吃了过年面，听着除夕夜的钟声，然后亲朋好友聚集起来，一起到附近神社去烧香磕头，以求神明保佑。这种情形，已经有五六年了。

今年的大年夜当然也不例外。九点半一过，以鱼店老板夫妇捧着装满生鱼片的大盘子进来为信号，平时的街坊好友三十多人，也都带着酒菜，陆陆续续地会集到北海亭。店里的气氛一下子热闹起来。

知道二号桌由来的朋友们，嘴里没说什么，可心里都在想着，今年二号桌也许又要空等了吧？那块"预约"的牌子，早已悄悄地放在了二号桌上。

狭窄的坐席之间，客人们一点一点地移动着身子坐下，有人还招呼着迟到的朋友。吃着面，喝着酒，互相夹着菜。有人到柜台里去帮忙，有人随意打开冰箱拿东西。十点半时，北海亭里的热闹气氛达到了高潮。什么打折信息啦,海水浴场的艳遇啦,添了孙子之类的,店里已是人声鼎沸。就在这时,店门被咯吱咯吱地拉开了。人们都向门口望去,屋子里突然静了下来。

两位西装笔挺、手臂上搭着大衣的青年走了进来。这时,大伙才都松了口气,随着轻轻的叹息声,店里又恢复了刚才的热闹。

"真不凑巧,店里已经坐满了。"老板娘面带歉意说。

就在拒绝两位青年的时候,一个身穿和服的女人,深深埋着头走了进来,站在两位青年的中间。店里的人们,一下子都屏住了呼吸,耳朵也竖起来了。

"啊……三碗清汤荞麦面,可以吗?"穿和服的女人平静地说。

听到这话,老板娘的脸色一下子变了。十几年前留在脑海中的母子三人的印象,和眼前这三人的形象重叠起来。

老板娘指着三位来客,目光和正在柜台里忙碌的丈夫的目光撞到一处。

"啊，啊……孩子他爹……"

面对着不知所措的老板娘，青年中的一位开口了。

"我们就是十四年前的大年夜，母子三人共吃一碗清汤荞麦面的顾客。那时，就是这一碗清汤荞麦面的鼓励，使我们三人同心合力，度过了艰难的岁月。这以后，我们搬到母亲的老家滋贺县去了。

"我今年通过了国家医生资格考试，现在在京都的大学医院当实习医生。明年四月，我将到札幌的综合医院工作。还没有开面馆的弟弟，现在在京都的银行里工作。我和弟弟经过商量，计划了这生平第一次奢侈行动。就这样，今天我们母子三人，特意赶到札幌的北海亭，想要麻烦你们煮三碗清汤荞麦面。"

边听边点头的老板夫妇，泪珠一串串地掉下来。

坐在门边的蔬菜店老板，嘴里含着一口面听了半天，直到这时才把面咽下去，站起身来。

"喂喂！老板娘，你呆站在那里干什么？这十年的每一个大年夜，你不是都准备好了迎接他们的到来吗？快，快请他们入座,快!"

被蔬菜店老板用肩头一撞,老板娘才清醒过来。

"欢……欢迎,请,请坐……孩子他爹,二号桌清汤荞麦面三碗——"

"好咧——清汤荞麦面三碗——"泪流满面的丈夫差点应不出声来。

店里,突然爆发出一阵不约而同的欢呼声和鼓掌声。

店外,刚才还在纷纷扬扬飘着的雪花,此刻也停了。皑皑白雪映着明净的窗子,那写着"北海亭"的布帘子,在正月的清风中,摇着,飘着……

最后一位顾客

[日]竹本幸之佑 著
谢琼 译

1

　　惠子上班的脚步总是那么轻快。在那些数不清住过多少代人的老房子中，挂着"佐藤"门牌的那一间也并不新，可是有了惠子那明朗的声音和朴素而又不失清纯的衣着，这间老房子看上去一点也不晦暗。

　　"我上班去了。"

　　从家门走到大路上，惠子亲切地向每一个熟人打招呼。

　　"您好！"

　　"啊，你好，惠子姑娘。上班去啦？"

　　"对……"

已是寒冬，冷风穿透了惠子的旧衣服，可她丝毫不去理会，只顾起劲地走。

惠子上班的地方是位于大津市市中心的点心店春秋庵。

她今年十九岁，已经在这里工作了四年。

说是上班，其实春秋庵的职员一共才不过十五六人。每天早晨，他们都要在职工食堂举行晨会，在晨会上，有一项名叫"一句话建议"的固定活动。

这天早晨，总务部长指名让惠子发言。

惠子羞怯地走到前面，低着头。

"大家好。"

"你好！"

惠子本来羞得都开不了口，但是大家齐声的问候给了她勇气，让她能够声音响亮地继续下去。

"不久以前，一位顾客送给我一本诗集。这本诗集用简单的词句描写了商人的生活。比如说，有一首诗是这样写的——"

不要因为店小

就感到羞惭

要用美好的心灵

去把你的小店

装满

看到大家仰着一张张真诚的脸在听自己讲话,惠子的脸更红了。她继续说道:

"我一口气读完了这本诗集,才突然发现,原来我们所从事的销售工作,竟然是一个如此精彩的世界。

"可是我又想到,为什么我们身处在这样一个精彩的世界里,却并没有像这位诗人那样感觉到精彩呢?

"我想,首先是因为我们每天忙着应付工作,没时间静下心来去体会工作的美好。再有就是我们光去关心买和卖了,没有用自己的真心诚意去对待顾客。

"总之,看完了这首诗,我才明白,一份同样的工作,因为心态不同,既可能精彩,也可能痛苦。我的发言完了。"

惠子说完了,正要往回走,西田社长一边向惠子鼓着掌,一边走上前来。

"谢谢你,惠子小姐。你的话真让我们受益匪浅。正如刚才惠子小姐所说的那样,仔细想来,包括我在内的所有人,迄今为止都从来没有用心去体会过工作的美好。

"但凡有点时间,总是急着想要多卖掉点儿,再多卖掉点儿。怀着这样的心情工作,谁看了都不会觉得舒服。

"但是真心诚意地对待顾客,并不是一件容易的事。不考虑销售额也是不现实的……这很矛盾,对吧?

"不过,对我们公司来说,商品本身的价值并不高,那么,要想把这小小的店铺营造出魅力来,就必须依靠人的魅力才行。希望大家都能好好想想这个问题。"

晨会结束后,惠子含笑向自己工作的分店走去。这时,春秋庵的经理加山先生跟上来问道:

"惠子小姐,刚才你说的那本诗集,我也想看看……是谁的诗集呀?"

惠子想帮加山提东西，加山转了转身，表示不要紧。

"是一个叫做冈田的人的诗集。"

"是谁送给你的？"

"我也不太认识那个人。是位一年只来两三次的顾客。我不知道他是做什么的，当时接过这本诗集的时候我还问过他姓名，可是他没告诉我，只是说'不必了，不用客气'。他还说他是去名古屋的时候突然想起大津的那个姑娘，就把诗集带过来了。可能是东京人吧。"

"多好的顾客啊。所以我们总是说要感谢顾客呢。这种事可不多见，得好好谢谢他。"

"对呀，能拥有这样难得的经历，本身就该懂得感激。"

"嗯。再说那位顾客在那么多点心店里，唯独来拜访咱们的店，就更值得感谢了。那位客人再来的话，一定得告诉总经理。"

2

春秋庵的店面不大。虽然并不是什么名牌老店,却也温馨。店里的陈设干净整洁,在顾客等待的地方还放着几把椅子,让人看着很舒服。

一位来买东西的老奶奶正在和惠子的同事奈美子说着话。

"他过去可喜欢吃那个点心了。今天是老头子过世的日子,我想来买点他以前爱吃的点心。"

"是吗,爷爷去世都已经三年了。时间过得可真快啊。您要几块?"

"我要十五块。"

"好的。"

奈美子包点心的当儿,惠子端着茶从里间走了出来。

"奶奶,您来啦,感谢您的光临。天这么冷,喝杯热茶吧。"

"哎,惠子姑娘总是对我这么好。哦,对了,我孙女绿子说惠子姐姐送了她一只漂亮的纸鹤,她喜欢得不得了。惠子姑娘,你手真巧,折得那么好。看你平时挺忙的,什么时候折的呀?"

"店里没客人的时候折一些,在家休息的时候也折。"

"我们家绿子把惠子姑娘都当成自己的好朋友了。一个上小学的孩子……"

"没关系的,她很可爱。要是我这个好朋友能对她有帮助,我也会高兴的。"

奈美子从自己的包里掏出一条大围巾,用手搓暖和了,然后用围巾把点心包起来,捂在胸前拿了过来。

"让您久等了。这里是十五块您要的点心。奶奶,外面太冷,我用我的围巾给您包起来了。"

她从怀里掏出包着点心的大围巾，递给老奶奶。

"哎呀，真暖和，舒服极了，谢谢你。姑娘年纪不大，心还真细。多少钱？"

一直在里间插花的由纪子也一起出来了。

"一千七百块钱。"

天气太冷，小店也有些门庭冷落。但是店员们不顾寒冷，全体站在门前，一直目送着老奶奶远去。

3

由纪子正要把插好的花束挂到门口,加山进来了,开口说道:

"哎哟……冷死了,今天这么清静,肯定是因为天太冷了。对了,由纪子,你读一读这本诗集吧。"

由纪子一边继续整理着花束,一边问:

"您说什么?诗集?"

"对。由纪子今天值班,没去晨会吧。今天惠子小姐在'一句话建议'的时间里讲到了这本诗集。惠子小姐的发言总是很独到,今天的发言又特别符合她的性格,说得很好。所以……"

这时，经理的朋友中川开着车路过这里。他把车停下喊道：

"早上好，加山！"

"哟，早上好呀，好久不见了。"

"今天惠子小姐在吗？"

"师兄！啊，不对，中川先生。您借口自己是我们经理的朋友，三天两头来店里玩，可是一次都没买过我们的点心。这说得过去吗？"

由纪子开心地揶揄道，等着看中川先生的反应。

"我不喜欢吃点心。"

"是吗？可是惠子小姐给您端上来的茶点，您吃得很开心啊。"

"惠子小姐的是例外。"

"总是这样惠子长惠子短的……师兄，您到底在对惠子小姐打什么主意呢？"

"我投降了，由纪子。求你别一大早地就拿人开心。

我可没有什么不良居心,不过是随便来转转而已,心想要是惠子小姐在的话,就进去喝杯茶……"

这时,加山说要是不忙的话就进来坐会儿吧,中川随即停好车,打算进去。

奈美子一边拉开门,一边用广播通知的语气冲里间喊道:

"惠子小姐,有人找。"

"好的,马上……"

惠子赶忙跑了出来。

"咦?没有人呀。"

店里只有奈美子一个人。

"嘻嘻,不好意思。有位青年中川先生正在门外呢。"

惠子有些意外地问:

"中川先生?"

"他说要是惠子小姐在的话就进来。"

中川先生走进来,掩饰着自己的难为情,问候道:

"早上好,惠子小姐。最近还好吧?"

"您好。快请进。"

惠子回答道。

中川先生在为顾客准备的椅子上坐下了。

"最近一直没见面。我去伊豆参加公司培训了。"

由纪子还在摆弄着那些花儿。

"师兄,是不是还要把从伊豆带回来的礼物用速递送到惠子小姐家呀?"

她继续揶揄着。中川立刻提高了嗓门:

"又来了……由纪子小姐对人真刻薄。虐待是社会罪恶。"

中川借用最近流行的宣传口号反驳着。

"去了几天?"

加山问道。

"一周呢……本来不想去的。"

"什么本来不想去,这也是工作的一部分。"

"说的倒是。"

"你和你们公司现在都处在高速发展期,规模倒是越来越大,人才培养却没有跟上。"

"这是什么意思?嗯,不过你说的也许不错。因为最近销售情况不太好,所以想按照员工手册对员工进行培训,使员工工作系统化。现如今要是下属们总是固守着老观念,公司工作就要陷入混乱了。所以公司正抓着我们对员工手册进行修订呢。"

由纪子打断了他的话:

"什么员工手册,那是什么呀?"

中川话里带刺地回应道:

"平时无所不知无所不能的由纪子小姐,您连员工手册都不知道吗?你们店里难道没有招待顾客的员工手册吗?"

"我们没有这种东西。一个点心店,没必要弄什么这个手册那个手册的。对不对,经理?"

加山微微含着笑,坐到中川旁边的椅子上。

"我想，我们这样的小店，没有这些东西也不要紧。不用说资历最长的由纪子，即使是资历最短的惠子，也已经工作四年了。所以，只要每个人都能充分发挥自己的能力，就足够了。"

中川却对加山的话完全持否定态度。

"你说得可真好听。所谓的员工手册，是使企业具有凝聚力的重要工具之一。你们没有这样的工具，还显得很有理……"

这时，两位顾客相继从外面走了进来。

"哎哟，冷死了！"

客人们缩着脖子一进门，加山立刻起身，由纪子也停下了手里的活儿。

"请进。感谢您的光临。"

全体弯腰行礼。

惠子端着给中川先生沏的茶，向两位主妇模样的顾客走去，毕恭毕敬地问候道：

"请进,这么冷的天特地过来,十分感谢您的光临。"

"啊,是惠子小姐,好久不见了。"

"您的朋友身体还好吧?"

"当然了。谢谢你那么快就给我写了回信。对我很有帮助。还有,贺年卡上的诗是谁的诗呀?写得特别好,我的朋友都夸呢。"

"让您见笑了。"

惠子含羞答道。

"请帮我装两盒卖得比较好的点心。"

那位主妇要过点心,对加山说道:

"经理,今天我带了一位好朋友来。"

加山走上前去:

"我是经理加山。"

被介绍的这位主妇看上去比另一位更加优雅文静。

"她总是夸这家店好,最后弄得我也想来看看了。真是春秋庵的活广告呢……"

客人们刚一出门,一直在翻着诗集的中川先生便突兀地问加山:

"喂,你在看这种东西?"

"借来的,想看。"

"这种书现在竟然还卖得出去。真不知这些人都是怎么想的。应该告诉买这种书的人,经商可不像书里说的那么安逸,经商是你死我活的战斗。哼哼,你看看这首——"

不要总想着

生意兴隆

应该想的是

今天

也要把心中的美好

嵌入

自己脸上的笑容

中川冷峻的声音因为激动而越来越大。

"写得这么安逸，就跟少男少女的抒情诗似的。要是店铺不能生意兴隆，商人的成就感从何而来？只有企业不断发展进步，企业的员工也好，企业主也好，才能对未来充满希望。要达到这个目的，我们需要的不是这种感性的生活方式，而是以资本和组织为武器，最大限度地动用理性去斗争。"

加山也有些激动了：

"像你这样在大企业工作的工薪族，做什么都希望立刻得到回报。其实这首诗说的不正是实现生意兴隆的过程吗？你总是不管什么事，都非要把自己的观点强加给别人。"

中川毫不让步：

"顾客千人千面，都只由着自己的性子做事，那么多要求怎么可能一一满足呢？"

"不理会那些顾客的要求，只想着多卖东西多盈利，你这不也是由着自己性子做事吗？"

"你说得倒好听。你大学时候成绩挺好,却不去大企业工作,就是因为这些吧。瞧你,这么一家乡下小店都能让你满足。"

惠子一边包点心一边说道:

"中川先生,您随便拿过别人的书来看,看完了还这样品头论足,好像不太合适。每个人都有自己的想法,不是吗?"

"惠子小姐,你听我说。我想说的是作为一个商人,不用理性去思考绝对不行。在这个公平竞争的社会,向区区一两位顾客去奉献什么美好的心灵根本没用。"

"我不太懂中川先生那些高深的观点。只是……只是我想,在这个世界上还有很多人,会去珍惜生活中的每一份感动。"

由纪子也附和着惠子说道:

"的确如此,我赞同惠子的话。惠子话不多,但绝对是温柔的反抗!看你还有什么可说的……"

这时顾客接二连三地进来了,辩论自然告一段落。

4

这天下午，在茶馆里忙完了茗茶会的工作，加山和惠子一起往回走。一路上，加山不断地鼓励惠子。

"惠子小姐，辛苦你了。累了吧？"

"没事，我很开心。"

"山田老师真的很出色。他坦率而又真诚，让大家很开心。这也算是茶道之道吧……像他那样有名的人，往往好摆架子，不能坦诚待人。"

"是啊。都是很好的人。"

"不是说物以类聚，人以群分吗，和什么样的人交往很重要。"

"我今天很高兴。大家人都很好。可是，对了，经理，今天早晨您和中川先生谈到的员工手册，到底是什么呀？"

"嗯，又勾起了惠子小姐的好奇心……所谓的员工手册，算是指导用书呢，还是算做文件呢……应该说是一种包含基本原则的文件吧。现代社会日趋复杂，一些基本原则就显得愈发重要。尤其是在高科技社会，这种手册是非常重要的。"

"那您怎么还反对中川先生的话呢？"

"我并不是反对员工手册本身，而是中川先生所说的那种招待顾客的员工手册，其基本观点就是错误的。那种以店方或卖方利益为出发点的员工手册，完全把赚钱当作了招待顾客的目的。"

"原来是这样。所谓招待顾客，应该站在顾客的立场上去想、去做，对吗？"

"那当然。所以那种员工手册，在顾客看来，就只能是千篇一律的东西。"

"所以在我们店里，看中的不是形式，而是形式背后的心态。这也可以算是一种员工手册吗？"

"对，正是这样。如果没有这样一种心态，我们所想的、所做的就都会扭曲，店铺也就成了单纯的钱货交易的场所。这样的话，一台自动售货机就足够了，要人还有什么用呢？"

"能见到那么多优秀的人，并和他们沟通，这也是我们工作的快乐之一。"

"对啊。我想，如果人和人交往只想着利益得失，那么相知相识的愉悦也就不复存在了。"

"人啊……能够作为人诞生在这个世界上，应该知足了。"

"不过既然是人，总归会有欲望，想要提高效率，增加收益，过上丰衣足食的生活……"

"可是一想到那种只有物质丰裕才能获得幸福的观点，就总觉得有点心寒……"

两人的对话坦诚而又真挚。

5

这天晚上，惠子目送最后一位顾客消失在夜色里，整理好剩下的点心，把店堂打扫干净，又为第二天的营业做好准备。

这冷得出奇的一天结束了。今天又发生了好多事。又有好多顾客光临。谢谢你们。

惠子换上自己的衣服出门。熄了灯的小店周围显得更加清冷僻静。

衣着朴素，一条毛线织的大披肩把头也全围上了，惠子修女一般的身影在夜色中渐行渐远。

正当惠子走到大路上时，一辆车顶上堆满积雪的汽车从身边驶过,好像在寻找某个人家。

惠子下意识地回头一看,那辆车正往商店方向开去。

当车在春秋庵前面转弯的时候,惠子突然想到,那辆车会不会是来买点心的呢?

这样想着,惠子已经不知不觉地开始朝商店方向跑去。

那辆车果然停在了春秋庵门前。

惠子敲了敲车门,车窗慢慢地摇了下来。

惠子忙问道:

"您是想买点心吗?"

"这里是春秋庵吗?"

"对,正是。"

"已经关门了。"

"是的,不过我就是这家店的店员……如果您想买点心的话,我马上去开门。"

"真的吗?那太谢谢了。麻烦您了。"

"那我马上去开门,您先在车里等一会儿好吗?外面太冷了。"

"好的……"

惠子打开店门走进去。

打开店里的灯,然后惠子走出来对顾客说道:

"让您久等了。快请进。"

"不好意思,给您添麻烦了。"

惠子给煤气炉生上火。

"感谢您远道而来。快请进吧,我已经生好火了。"

这位先生看上去四十五六岁左右,温文尔雅,名叫城方。

"真是太巧了,谢谢您。我一路都在担心,要是已经关门了可怎么办。"

惠子迅速地把罩着点心样品的白布掀开。

"虽然是有点晚,但好在还是赶上了。"

一直站着的城方先生放下心来,说道:

"是这样的。我母亲得了癌症,一直卧床不起,年纪也大了,挺不容易的。今天早晨医生说母亲只剩一两天了,还说'有什么想让她再见见的人,就赶快叫过来吧;老人家有什么想吃的,也让她吃吧'。"

惠子的表情渐渐变了。

"所以我就问母亲:'妈,您有什么想吃的东西吗?'结果母亲说:'以前吃过大津的春秋庵的点心,特别好吃。我想再吃一次。'我又问她点心的名字,她说忘了。我就说:'点心又不贵,我这就去买,您好好等着。'然后便出了门。

"可谁知周边地区在下大雪,高速公路上的车堵成一片。我心急如焚,好不容易赶到这里,又担心门已经关了。

"如果母亲身体健康的话,还可以下次再买;可她已经过不了今明两天了……错过这一次机会,平生便不会再有第二次。我真是很为难。

"我脑海中不禁浮现出母亲失望的面容……幸好碰到了您这样亲切的姑娘……真是我的大恩人啊。"

听着这些话,惠子的神色因为感动而变得凝重。

"是这样……"

惠子的脸上又多了一层坚决。

听了这个故事,惠子感动得不知如何是好。无论如何,一定要设法好好报答这位临终还念着我们店里的点心的顾客。

惠子换了个立场,想道:我的妈妈也一直卧病在床,如果我被告知这是妈妈的最后一天,妈妈说想吃什么东西,我也会不顾一切地去给她买的……这种时候,店方应该怎样做,我才会高兴呢?我所希望的,正是我应该为这位顾客做的。

惠子从沉思中回过神来:

"我明白了。如果是这样,那请让我来为您挑选点心吧。"

"也只有如此了。那就拜托您了。"

惠子为城方沏了杯茶,便立刻着手挑选点心。

虽然自己主动要求代为挑选点心，心里却相当为难。对象是一位危重病人，所以既不能挑嚼起来费劲的，也不能挑容易卡在喉咙里的年糕类点心。惠子挑了几种比较软的点心，每样两只包好。

这时，她突然想到，万一老人家说不是这些点心，那该怎么办呢？那就只有先问好老人家的住址，再送过去一趟了。

"嗯……不介意的话，请把您的姓名、住址和电话号码留在这张便签上好吗？"

"好的。"

城方在便签上留了自己的姓名、住址和电话号码。

惠子把准备好的点心递给城方。

"让您久等了。我挑了一些自认为合适的点心包好了。不管怎样，希望您的母亲能喜欢。"

城方掏出钱包。

"谢谢您！耽误您到这么晚，真对不起。多少钱？"

"这份点心，我不能收您钱。"

惠子的声音十分坚决。

"为什么？"

城方有些吃惊。

"对一位临终时还想吃我们的点心的顾客，这是我们应尽的心意。"

"可是……您特地为我重新开门，又麻烦您半天，如果连点心钱都不付就走，是要遭报应的。不管怎样，点心钱请您一定收下。拜托了。"

"这些话就别说了，请您就照我说的，收下我们的这份心意，行吗？拜托了。"

"既然您这么说，那我就不推辞了。我想母亲也会高兴的。能告诉我您的名字吗？"

"我叫惠子。"

"惠子小姐，不好意思，您今年多大了？"

"十九岁。"

"只比我女儿大一岁,却这么聪明伶俐,真了不起。"

"别说这些了,您母亲还等着呢。赶快回去让您的母亲品尝吧。"

尽管说了不知道多少声谢谢,城方还是说不尽那份言语所无法表达的感动。

"您说得对。谢谢您,惠子小姐。真的太谢谢您了。"

屋外又下起了雪。惠子提醒着将要上车的城方:

"不管怎样,回去路上一定要注意安全。谢谢您的光临。希望您母亲能……"

城方含着泪大声说道:

"谢谢您,惠子小姐。今天晚上我一辈子都不会忘记……"

然后他发动了汽车。

汽车缓缓开动。从后视镜里依然看得见惠子在不断地行礼道别。

惠子真心地为那位老奶奶祈祷。这位为了满足母亲的愿望而大老远跑来的先生,肯定是个大孝子。一直崇尚美好心灵的惠子,热切地祈祷着那位先生能够平安到家,祈祷那位母亲的心愿能够得到满足。

惠子重新返回店里,关掉煤气炉,从自己的包里掏出一个装着钱的信封。信封上写着"买大衣的钱"几个字。

惠子从信封里抽出一千七百块,补到这天的营业收入里,然后关了灯,走出门。

6

一个人走在夜路上,惠子的脚步飞快,脸上却洋溢着比任何时候都愉快的笑容。

马路对面走过四五个和惠子差不多大的男孩女孩,其中一个上来"啪"地拍了一下惠子的肩膀。

"这不是惠子吗?"

惠子回头一看,原来是一个认识的朋友。

"什么事这么开心呀?是不是刚约会过?"

惠子慌忙摇头。

"不是,是下班回家。"

"别解释啦,其实我们也在约会呢。"

朋友边说边望了望那边一群人。

"我们刚吃过晚饭,正要去蹦迪。没事就一起去吧!"

惠子连说不了不了,朋友便夸张地挥着手走了。

惠子一点也不羡慕下过馆子又要去迪厅的朋友。她现在满脑子都是刚才那最后一位顾客,脸上的表情也不觉愉快起来。

回到家,她先去了母亲躺着的屋子。母亲因为交通事故,已经卧床好几个月了。

"妈妈,我回来了。您今天感觉怎么样?"

"今天冷吧?今天有什么高兴事吗?"

"您看出来啦?"

"你一向有什么事都挂在脸上。"

"也没什么……不过是做了件我该做的事而已,可不知为什么这么高兴。我去给您弄晚饭。"

母亲有些不放心地望着女儿的背影。

惠子走进厨房,看见妹妹围着围裙正在烤鱼。

"真不好意思,回来晚了……"

"没事,姐姐。我也不会做饭,所以光烤了鱼。"

惠子赶忙围好围裙,往锅里倒上水,开始准备晚饭。

"辛苦你了,现在姐姐来做饭,你去把碗筷摆上吧。"

这时,上小学六年级的弟弟跑进来,用指头戳了戳烤好的鱼,然后夸张地扭着身子嚷道:

"唉呀,又是烤鱼!要是能去饭馆吃一两顿晚饭就好啦。"

小姐姐举起手晃着,像要教训弟弟:

"一个大男人对着饭桌发牢骚,真没用。咱们家要省着过,你又不是不知道!"

"那就光换换烤鱼还不行吗?我不发牢骚啦……"

弟弟还是不住地嘟囔着。

"好好,我家少爷,给您备上让您发不出牢骚的好菜好饭,行了吧?"

听了惠子的话，弟弟妹妹们都咯咯地笑起来了。

惠子有两个弟弟，三个妹妹。作为大女儿的惠子，能和弟弟妹妹们围坐一桌亲热上一阵的时间，也只有这么点儿了。

吃得正香的小弟弟突然问道：

"这个真好吃……也不知道爸爸现在在哪儿干什么呢？"

"不是说好了不提爸爸吗！"

比他稍大的姐姐打断了他的话。

看着他们两个拌嘴，惠子的心里一阵难受。小弟弟已经小学四年级了，可是要说小也还小，还没过撒娇的年纪呢。

然而爸爸离家出走以后，几年间一直杳无音讯。弟弟妹妹们虽然不问什么，但偶尔也会想爸爸，也会羡慕别的孩子吧……

吃完饭，惠子走进母亲的房间。一个人对着托盘吃饭的母亲，看上去心情很愉快，一点也不像是个卧病在床的人。

这比什么都更让惠子欣慰。母亲自己没办法干活,什么事都要年幼的女儿来做,心里一直过意不去。不过为了孩子们,母亲任何时候都努力表现得轻松愉快,这点惠子心里清楚。

扭亮台灯,坐在桌前,惠子开始在日记本上写诗。

为了让一位顾客高兴

我竭尽全力

为了一位顾客的生活

我损失了自己的利益

作为人的美好

同样能保存在我

作为商人的模样里

时钟敲响了十下。惠子看了看表,又转过身去。房间的灯已经关了，台灯微弱的灯光映出母亲和弟弟妹妹并排躺着的身影。

最靠门空着的一条是惠子的位置。

惠子关了灯躺下，却睡不着。已经十点了……那位顾客现在到名古屋了吗？他的面容不断在脑海中出现，跟着是一连串的胡思乱想——

开心地看着点心的老母亲脸色突然一变，摇着头说不是这种点心。旁边是因此而为难的那位顾客。

接着镜头一转，出现了因为点心卡在嗓子里而痛苦万状的老母亲，和不知所措的那位顾客。

老人想把点心吐出来，吭吭地咳嗽。这一幕久久占据着惠子的脑海。

这天晚上，各种各样的联想害得惠子没睡好觉。

7

第二天,惠子惦记着前一天晚上的事,比往常更早地来到店里。

"早上好,奈美子。"

奈美子正在店前扫地,碰上了急匆匆赶来的惠子。

"早上好,惠子。昨天很晚才下班吧?"

"是啊。"

"那怎么今天一大早就来了?"

惠子一边快步往电话那边走,一边答道:

"有点事放不下心……"

惠子在往什么地方拨着电话，神色有些焦急。

"您好，请问是城方先生吗？"

"啊，是惠子小姐。我就是昨天去过您店里的城方。"

"谢谢您昨天那么远地赶过来。昨天晚上您母亲怎么样了？"

"哪里，该我谢谢您才对。昨天我立刻赶回家……路上还是很堵，我到家已经十点半了。母亲也许是等不及了吧，在十点的时候就先走了。

"母亲没能尝到惠子小姐精心为她挑选的点心，真是很遗憾。对不起。其实我在回家的路上已经预感到我可能是在白费心，可能要来不及了，所以就给母亲打了个电话。我把惠子小姐的事也告诉母亲了。"

惠子一直神情紧张地听着，泪水却抑制不住地涌了出来。为了忍住哭声，她有一阵没有说话，直到话筒另一边响起"惠子小姐，惠子小姐"的叫声后，电话中才传出一声微弱的回答：

"我在，对不起。"

城方继续说了下去。

"不过,不知道是不是我母亲跟您心有灵犀,她去世的时候,脸上带着一种无法用言语形容的安详。啊,对了,在最后一刻,她还突然说'那个点心店……真好……'这已经让我很欣慰了。谢谢您。真的。您的一片好心,我一辈子都不会忘记……"

城方的声音也哽咽了,没法再说下去。

惠子听着他的叙述,嗓子里像有什么东西堵着似的,说不出话来。她费了半天劲才又开口:

"葬礼什么时候举行?"

"明天下午一点,在我家举行。"

放下话筒,惠子立刻往洗手间跑去。她的泪水喷涌而出,天空在她眼中也变成了灰蒙蒙的一片。

想到这位老人连临终想吃的东西都没能吃上,连这样一个微小的愿望都没能实现就闭上了眼睛,惠子觉得一阵心疼。

正巧刚要进门的加山经理看到了惠子,担心地问道:

"早上好,惠子小姐。咦,你怎么了?出什么事了?"

惠子拼命控制住内心的波动,忍着眼泪。

"没事,什么事都没有。"

"咦,到底怎么了?可不像平时那个惠子啊。"

"真的什么事都没有。"

"那就好……"

看到惠子努力装出没事的样子,加山没再多问,脸上却写满了担忧。

这天上午,惠子出了点平时很少会出的小差错。当然,严格说来,也不能算是惠子的错。

有一位顾客把东西落下了,惠子没能及时提醒他。

若在往常,顾客一离开座位,惠子总会立刻查看有没有东西落下,这次却很晚才发现。

幸子立刻拿着东西追了出去,可是已经过了有一会儿,不知还能不能碰到那位顾客。

正在担心着,听到幸子说"我回来了",惠子赶忙抬起头。看到幸子手里空空的,惠子才多少放下心来。

"我拼命地跑,幸好在他上地铁站台之前赶上了。真是太好了。回来的路上,碰到中川先生,他就送了我一段儿。"

"是这样……以后我们对顾客还得多用点心才行。"

这时,中川进来了。

"你好!"

加山经理对他说。

"噢,不好意思,听说是你送幸子回来的。"

"没事,反正我也正想来这儿。"

年龄最小的奈美子一边端茶一边道歉道:

"经理,不光是幸子,我们都太不细心了。总是只有前辈挨批评,真不好意思。"

惠子听到她的道歉,心里不安极了,连忙安慰大家说:

"这是我接待的顾客,主要是我没注意,给这么多人添了麻烦,真对不起。"

"不管是谁接待的,只要来我们店里,就都是我们大家的顾客,每个人都应该用心才对。"

不明原委的中川先生插嘴道:

"你们都在说什么呢?"

"刚才有位顾客,走的时候把东西落在这儿了。"

中川觉得莫名其妙,说道:

"你们都有没有脑子呀?落下东西的是那位顾客,当然是落下东西的顾客不对,你们道什么歉?对就是对,错就是错。像这样把别人的错也往自己身上揽,在这个人情冷漠的世界上根本就没法儿活。只要顾好自己职责范围里的事就行了。"

惠子好像一直在想什么心事,这会儿突然问加山道:

"经理,我能不能去趟工厂?"

"什么事?"

"有顾客要订做点心,我去说一下。"

得到经理的允许,惠子出门走了,她的背影显得特别单薄。

惠子出去以后,中川在店里对加山说:

"我刚才说得没错吧?如今这世道就是这样的,你看连惠子都垂头丧气地出去了不是。"

"你不了解情况别乱说。那孩子今天一大早就这样了。"

"惠子今天来得特别早,一来就往什么地方打了个电话,还问'葬礼什么时候举行'。肯定是……"

"所以她才……"

"惠子还怕别人担心,努力装出没事的样子,高高兴兴地做着事。真让人心疼啊……"

听着她们的对话,加山对惠子体贴同事的一片好心既感激,又赞赏。

8

惠子去的工厂是个只有七八名工人的小厂。厂长先看到惠子,高兴地迎上来。

他带惠子去了员工食堂。

"有什么事吗?特地跑过来……你父亲还没有音信吗?怎么没精打采的?"

"没事,可能是因为有点感冒吧。"

"是吗?要小心啊。看你身体一直都挺不错,可别勉强。"

"好的……"

已逾中年的厂长望着远山，不禁感叹道：

"时间过得可真快啊。从那时起，已经过去四年了。那时惠子要是听了大家的话，今年也该毕业了……"

"请您别说这些了。"

惠子慌忙打断了他的话。

四年前，由厂长牵头，大家成立了一个支援惠子读高中的基金会。

所有人都热心地忙着张罗这个基金会，惠子却郑重地回绝了，表示"要在工作中培养自己"。

因为惠子知道，生活艰辛，弟妹成群，自己必须得代替生活能力低下的父亲，承担起这所有的重任。

那时，周围的人听她说着"我要是还拿自己当小孩子，我们家就会垮的"，都感叹这话竟然出自一个十六岁小女孩之口，又是欣慰，又是心疼，眼圈都红了。

"我能和这么多有恩于我的人共事，已经觉得很幸福了。我现在仍然十分感激。"

"这些话不说也罢。"

"这次我来,是想请您做些葬礼上用的点心。"

"葬礼?家里有什么人出事了吗?"

"不是,是顾客……"

"哪里人?"

"名古屋。"

"这么远啊。是那边订的吗?"

惠子没有直接回答:

"今晚之前能做得出来吗?"

"没问题,一定给你做出来。做好以后给你打电话。做多少钱的?"

"三千块左右。"

"知道了。"

到了下午,店里清静了许多。惠子不好意思地找到了经理。

"经理,我明天能不能带薪休假一天?"

"行,累了就歇歇吧。不过对很少休假的惠子来说可有点反常。出什么事了吗?"

"没有,没什么……"

"不是和中川出去玩吧?"

"和中川先生出去玩?这是什么意思?"

"没什么,不是就好。刚才中川留下这个走了。"

"给我的吗?是什么呀?"

惠子接过信,进了里间。

惠子读着信,表情渐渐沉重起来。

9

这天下午,工厂那边打电话说订做的点心已经做好了。惠子把点心包好放进包里,又从写着"买大衣的钱"的信封里掏出五千块钱。

信封没有一天天变厚,反而渐渐薄了下去。惠子在自动存款机上把五千块钱打到商店的账户里。

这天下午,从经理到职员,都对从自动存款机上打入账户的五千块钱摸不着头脑。

不过他们立刻就明白了那是惠子订做点心的钱,也明白了惠子是要去参加顾客的葬礼。

"原来是这样!难怪明天要请一天假呢。"

去年的节假日时,惠子也去探望了一位卧病在床的主妇,还陪这家唯一的另一口人——她的儿子一起玩耍。

那件事也是直到顾客致谢时,店里才知道。

自己生活困苦,却还去帮助其他有困难的人,大家都在感叹惠子的善良。

"可是最重要的,是不能让惠子连参加葬礼的费用也自己出呀。"

"这笔费用能不能由公司来承担呢?惠子本来生活就困难,公司不能亏欠了她。要是公司不便承担,那就由我们凑钱好了……"

"别急,我当然也觉得最好能由公司来承担,但是如果现在把她的所作所为冠以公司的名义,我担心会影响她的积极性。"

"对,是这样。这样做,对她自己心中那个美好的'人性的世界'来说,反而是一种干涉。"

"既然是她自愿去做的,我想还是不插手的好……不过我很清楚她的收入,心里也挺为难。不管怎么说,这件事就交给我吧，我会找机会处理好的。"

惠子正在左思右想出席葬礼穿什么衣服好，从隔壁房间传来了母亲的声音。

"惠子，你不是说今年冬天要攒钱买件大衣吗，怎么样啦？再不赶紧买，冬天就要过去了。"

尽管惠子正在拿着衣服发愁，但还是用明朗的声音回答道：

"今年冬天就凑合过啦，明年冬天再……"

"你每年都说明年再买。等明年当妈的工作了，给你买件好的。"

惠子甜甜地冲母亲一笑：

"妈妈也真是的……这点小事，不用妈妈操心。"

打开旧衣柜，又把衣服翻了个遍，惠子轻轻地叹了口气。

话是那样说，可还真没有明天去名古屋参加葬礼能穿的衣服。惠子毕竟也正值爱打扮的年龄。虽然没想过要穿得很华丽，但同样不愿意显得寒酸。

可是唯一的一件大衣已经给了妹妹，本来想在今年打折的时候买一件，攒的钱却几乎都花在祭物和车费上了。惠子只好勉强安慰自己说，人的美丽并不体现在衣着上……

惠子拿出其中的一件，在镜子前面比试着，脸上的表情却有点复杂。

10

第二天,惠子没有穿大衣,而是围了一条毛线织的大披肩,走向车站。

要是坐开往京都方向的新干线,只要一个小时左右就能到名古屋,可惠子还是决定去坐只便宜几块钱的慢车。

惠子正在站台上等火车,突然有人朝她走过来,好像认识她。

惠子吃惊地一看,原来是中川。

"惠子小姐有事要出去?"

"对,要出去一趟。"

"真新鲜，惠子小姐能去哪儿呢？"

"中川先生您要去哪儿呀？"

"我？我去箱根出差。坐火车去，就不用担心回来路上下雪了。而且事情完了还有酒席，没法儿开车。"

火车慢慢驶进了站台。下车的人都下完后，出发铃响了。

"那就……"

惠子微微一点头，登上火车，中川赶忙跟了上去。

"等等！我也走……"

火车开动了。惠子站在门口对中川说：

"中川先生，没关系吗？坐快车还能早点到……"

"既然要坐火车，就和惠子小姐一起坐好了，感觉像去约会似的，多好。"

惠子没做声。

中川找到一个空座位坐下了，惠子坐在他对面。

"沉吧？放到行李架上吧？"

"没事。"

中川想拿过放在惠子膝上的行李,惠子立刻条件反射似的抱紧了它,像抱着什么宝贝。

"里面是什么?"

"祭祀用的点心。"

"你去参加葬礼?谁死了?"

"一位顾客。"

听到这句话,中川的表情变得十分微妙,有一点莫名其妙,还有一点感动。

"是这样啊。原来是去出差。为了节省差旅费,所以坐慢车……惠子小姐可真是精打细算。"

"不是。"

"什么不是,那么是私事喽?肯定是关系很好的顾客。惠子小姐也很喜欢那位顾客吧?男的还是女的?"

中川有些嫉妒,冷冷地问道。

惠子不知该怎么回答,便没有做声。

中川开始用劝说的口气说道：

"惠子，听我说。我虽然不知道这位顾客和你是什么关系，但是惠子你认为这是你的顾客，这其实只是个错觉。所有的顾客都是公司的顾客，他们带来的收益也都是公司的收益。你还是别想那么多为好。你没有责任也没有义务自己掏钱去参加顾客的葬礼。自己过好就行了。"

惠子干脆地打断了中川的话。

"没关系的。"

中川的态度接着又变得柔和起来：

"那这件事就不谈了，你看了我的信吗？"

"……看了。"

"怎么样？不不，我不是在催你答复……"

惠子想了半天应该怎样拒绝，才开口说道：

"首先要谢谢你给我写信……但是中川先生对我有些误会。我不是像中川先生所想的那样……"

"没事。我怎么想你，都是我自己主观的想法，你不用因此而为难。不是说爱情本来就是美丽的错觉和幻想吗？"

中川先生真心想打动惠子。

"这个……中川先生，我一直以来都不是有意识地把中川先生当作男性去交往的。如果有让您误会的地方，我很抱歉。"

"可是……你不是一直都对我很亲切吗？"

"我对所有来我们店里的顾客都一样热心招待。"

"顾客？我从没有在你们店里买过一样东西，我算什么顾客？"

"开店本身就是在召唤顾客光临，顾客能赏光光临，即便没有买东西，也应该懂得感激。我所受到的教育就是要珍惜每一次相遇。"

"可是不管怎么说……又给我泡茶，又给这给那的……原来你都只是在诚心招待我而已，并不是对我有什么特殊的好感呀。"

"对不起，我还不懂事，让中川先生误会了。"

中川有点生气，正色道：

"那么，惠子小姐……你是讨厌我了？"

"人与人的交往怎么可能只有男人和女人，喜欢和讨厌呢？我想，所谓的喜欢，应该是在相互理解和共处的基础上自然发展起来的。"

列车长过来查票，两人的交谈中断了一会儿。

"惠子，你听我说，我不再说你不爱听的话了。如果你和我结婚的话，我绝不会让你做这种店员之类的苦差事，真的。我会让你一辈子幸福。"

"中川先生认为像我们这样在商店里工作的是在做苦差事？中川先生，您不也在经商吗？"

"这可不一样。我是企业家，而你只是单纯的雇员而已，还要给别人家的小孩子折纸鹤，看他们的脸色，或者给根本不了解的顾客写信去讨好他们，这怎么不叫苦差事！只有歌厅小姐才这么费劲去讨别人的欢心。"

"您的话太过分了。"

"说得冷酷一点，顾客是因为有需求才来买东西，你们从事的工作只是为了满足他们的需求。光凭用心交往并不能满足他们的需求。这就是无情的商场，你并不明白。"

"随便您怎么想好了，我和您的思维方式不一样。"

惠子想起了一首描写商人心态的小诗：

即使今天只有一位顾客

我也快乐。

因为我交了一位新朋友，

他的名字叫做：

真心想对我

说声谢谢的顾客。

中川在下一站下了车，对着缓缓开动的列车嘟囔着：

"真是个什么都不懂的傻瓜！"

11

惠子在名古屋下车以后,一边看着指示牌一边走。可是她走到了一条完全不认识的街上,不知该往哪儿走了。

这时,眼前突然出现一处问询处,她赶忙进去。问询处一位上了年纪的职员亲切地拿出地图,指着地图向她说明。

对惠子来说,异乡的一句话并不能让她感到温暖。但那位职员还是亲切地接待了她,尽管从中他得不到什么实惠。

惠子一边看着那位职员为她画的草图,一边在名古屋市里左转右转。这时,天空中飘起了雪花。

终于到了城方家门前,门上贴着一张便条,写着葬礼在光明寺举行。

等惠子赶到光明寺的时候,葬礼的准备已经结束了。

"对不起。"

正要往里走的惠子碰上了一个穿着女中校服的女孩。

"您好,请问您是哪位?"

"我……是从大津的春秋庵赶来的。"

"什么?就是那个叫做春秋庵的点心店吗?不可能!哎呀,真是对不起。我是大女儿洋子。"

那个女孩听到"春秋庵"这个词,大吃一惊,慌慌张张地跑了进去。

重又和那女孩一起出来的人,正是去过点心店的城方。

"啊,惠子小姐!昨天真是太谢谢您了。"

"没能帮上您母亲的忙,我觉得很遗憾。"

城方只是叹了口气,望着惠子。

惠子本来只想把点心交给对方，然后去参加葬礼，但她拗不过城方家人的执意邀请，走进了祭堂。

"母亲也会高兴的。您能来我真是太感谢了。"

祭堂里支着一张十分豪华的祭坛。

惠子打开点心的包装纸，递给城方。点心放上祭坛之后，惠子又掏出念珠，点上香插上去。

惠子在心里说道：

"第一次见面的顾客……您临终时还说要吃我们店的点心，却没有等到，一定很遗憾吧。我给您带来了您爱吃的点心，希望您能带着它们走。请您安息吧。"

惠子的善良让聚在一起的城方一家人心里充满了感动，祭堂里一片肃然。

大家都说，好不容易来一趟，葬礼之后一起吃饭吧。惠子没想到自己微薄的心意竟会换来如此的礼遇，觉得很不好意思。

举行葬礼的时候，大雪纷飞，几尺之内都分辨不清。

在打着伞的众多吊唁者的最后面是惠子，她的头上和肩上落满了积雪。

坐在葬礼头车里面的城方正目不转睛地看着惠子，泪水不断从他眼中涌出。

母亲去世的时候，想到母亲终于能摆脱病痛的煎熬，去往极乐世界，他一直都努力地忍着没有流泪。

然而望着十九岁的惠子出于对顾客真心的报答，没打伞就站在雪地里祷告的身影，他却深深地被她美好的心灵所感动，抑制不住地哭了。

那份人与人之间的美好情感，给他带来一种无法言说的震撼。自己现在已经是一家知名企业的销售科科长，对着一批人发号施令，业绩也让人不敢小瞧，自然有些满足甚至骄傲……然而他却一直不知道，一个经商的人，也可以在现实中拥有如此精彩的世界。

此时，他突然想到一句话："在商人身上，应该能看到围着围裙的菩萨的影子。"的确如此，惠子的身影就像天使一般光彩照人。

12

几天以后,点心店"春秋庵"收到一份城方所在公司的宣传报纸。报纸上登着惠子的事迹。

这是城方从名古屋寄来的。

上面写着,我第一次知道原来人与人之间的温情能够让人如此感动。感谢精心培养了惠子的所有人。

惠子的事迹这才为人所知,春秋庵的社长说,能从一位部下那里得到"经商之路就是做人之路"的教益,他感到十分欣慰。

不断有人热情地致电春秋庵,连一向冷眼旁观的中川先生也意外地打来电话。

他终于承认以前所有的想法都是错的，还说想把那本诗集借去看看。

大津的街头寒冷却不失晴朗。连大衣都没穿的惠子，似乎早已忘记了严寒，表情永远都是那么明快温暖。

图书在版编目（CIP）数据

一碗清汤荞麦面 /（日）栗良平，（日）竹本幸之佑著；文明，谢琼译 . -- 太原：山西人民出版社，2019.4
ISBN 978-7-203-10710-1

Ⅰ .①一… Ⅱ .①栗…②竹…③文…④谢… Ⅲ .①短篇小说－小说集－日本－现代 Ⅳ .① I313.45

中国版本图书馆 CIP 数据核字（2019）第 018480 号
版权合同登记号　图字：04-2014-011

一碗清汤荞麦面

著　　者：	（日）栗良平　（日）竹本幸之佑
译　　者：	文　明　谢　琼
责任编辑：	贾　娟
复　　审：	傅晓红
终　　审：	阎卫斌
选题策划：	北京汉唐阳光
出 版 者：	山西出版传媒集团·山西人民出版社
地　　址：	太原市建设南路 21 号
邮　　编：	030012
发行营销：	010-62142290
	0351-4922220　4955996　4956039
	0351-4922127（传真）　4956038（邮购）
E－mail：	sxskcb@163.com（发行部）
	sxskcb@163.com（总编室）
网　　址：	www.sxskcb.com
经 销 者：	山西出版传媒集团·山西新华书店集团有限公司
承　　印：	鸿博昊天科技有限公司
开　　本：	787mm×1092mm　1/32
印　　张：	3.75
字　　数：	51 千字
版　　次：	2019 年 4 月　第 1 版
印　　次：	2019 年 4 月　第 1 次印刷
书　　号：	ISBN 978-7-203-10710-1
定　　价：	38.00 元

如有印装质量问题请与本社联系调换

IPPAINO KAKESOBA

© Kuri Tyohei 2005

All rights reserved.

No part of this publication may be reproduced,
transmitted in any form or by any means,
or stored in a retrieval system without either the prior
written permission of the publisher,
or in the case of reprographic reproduction a licence
issued in accordance with the terms and licences issued
by the Proprietor.